Curumim Poranga

Neli Guiguer

ILUSTRAÇÕES
Fernando Vilela

Paulinas

Dados Internacionais de Catalogação na Publicação (CIP)
(Câmara Brasileira do Livro, SP, Brasil)

Guiguer, Neli
    Curumim Poranga / Neli Guiguer ; ilustrações Fernando Vilela. – 2. ed. – São Paulo :
Paulinas, 2016. – (Coleção o universo indígena. Série Raízes)

    ISBN 978-85-356-4129-5

    1. Ensino fundamental   2. Índios da América do Sul - Brasil - Cultura
3. Povos indígenas - Brasil   4. Tupi - Vocabulários   I. Vilela, Fernando.
II. Título.   III. Série.

16-01547   CDD-372.830981

Índices para catálogo sistemático:

1. Brasil : Povos indígenas : Língua tupi : Ensino fundamental 372.830981
2. Povos indígenas : Língua tupi : Brasil : Ensino fundamental 372.830981

2ª edição – 2016
2ª reimpressão – 2023

Direção-geral: *Flávia Reginatto*
Editora responsável: *Maria Alexandre de Oliveira*
Assistente de edição: *Rosane Aparecida da Silva*
Copidesque: *Mônica Elaine G. S. da Costa*
Revisão: *Jaci Dantas e Ana Cecilia Mari*
Direção de arte: *Irma Cipriani*
Gerente de produção: *Felício Calegaro Neto*
Produção de arte: *Manuel Rebelato Miramontes*
Edição eletrônica de imagens: *Fernando Vilela e Alexandre Matos*

Nenhuma parte desta obra poderá ser reproduzida ou transmitida por qualquer forma e/ou quaisquer meios (eletrônico ou mecânico, incluindo fotocópia e gravação) ou arquivada em qualquer sistema ou banco de dados sem permissão escrita da Editora. Direitos reservados.

Paulinas

Rua Dona Inácia Uchoa, 62
04110-020 – São Paulo – SP (Brasil)
Tel.: (11) 2125-3500
http://www.paulinas.com.br – editora@paulinas.com.br
Telemarketing e SAC: 0800-7010081

© Pia Sociedade Filhas de São Paulo – São Paulo, 2008

*A meus filhos Yuri e Artur,
e a toda sua geração,
certa de que poderão transformar o Brasil
em um país muito melhor.*

*Às vezes, agradecemos por obrigação,
às vezes, por vergonha e, às vezes,
porque sentimos quanto é importante saber
que uma pessoa especial acredita em nós.
Obrigada, Maria Stela Fusca Guiguer.*

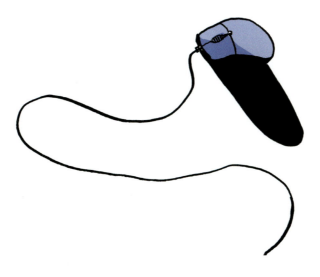

"O livro de Neli Guiguer é uma contribuição para o conhecimento da língua tupi, que integra nosso vocabulário e tanto influenciou e influencia a literatura nacional."

RINALDO GISSONI

Presidente da Academia de Letras da Grande São Paulo

Nota da autora

Quando meus filhos eram ainda pequenos, conheci o disco *Meu pé, meu querido pé*, de Hélio Ziskind, responsável, na época, pelas vinhetas dos programas infantis da Rede Cultura de Televisão.

Uma música me chamou muito a atenção: "Tu, tu, tu, tupi", criada para o programa *Cocoricó* especial. Com ela, meus filhos descobriram as palavras em tupi que usávamos no dia-a-dia, e me perguntaram, espantados: "É verdade que estas palavras são mesmo 'língua de índio', mamãe?".

Resolvi começar uma interessante e solitária pesquisa sobre o tema. A escassez de material e livros sobre o assunto foi meu primeiro problema, além das muitas contradições nos livros publicados. Mas meu maior desejo com este trabalho é divulgar e incitar o interesse pelo tema, e quem sabe estimular uma nova geração de pesquisadores.

Nossa raiz brasileira é indígena (quer aceitemos ou não) e, para que nunca nos esqueçamos disso, a língua tupi ainda faz parte do nosso cotidiano.

Neli Guiguer

Ixé Morubixaba! Abá-pe endé?

Você conseguiu ler?

Muito bem! Mas não pense que são palavras tiradas de um livro de magia. Embora também tenham centenas de anos.

Essas foram as primeiras palavras que os portugueses ouviram dos índios, quando desembarcaram aqui, no Brasil, em 1500.

Eles estavam ouvindo pela primeira vez a língua tupi.

Ixé Morubixaba! Abá-pe endé?

Quer dizer: "Eu (sou) chefe! Quem (és) tu?".

Eu coloquei o "é" entre parênteses porque na língua tupi não existe o verbo "ser" – aquele do eu sou, tu és, ele é...

Quer saber de mais uma coisa? O tupi não tem as letras "F", "L" e "R" grande ou dobradas (aquele tipo de som que falamos quando dizemos: caRRo).

Seria muito engraçado se meu amigo Francisco fosse chamado de "Pancisco" pelos índios, ou se de meu tio Rodrigo eles dissessem "Rodigo" (como o som do "r" de arara).

Sabe, eu nunca tinha percebido como cada letra é importante.

Imagine que engraçado seria os índios falando rei, lei, fedido, farofa, lata, frajola, frio, e tantas outras palavras que precisam dessas letras...

Bom, voltemos à história.

Puxa vida! Desculpe-me! Estou falando, falando com você e nem me apresentei.

Eu sou o Giovani, tenho 10 anos e moro em São Paulo. Comecei a me interessar por índios num desses "19 de abril", data em que a gente sempre comemora, na escola, o Dia do Índio.

Como eu já sabia que eles falavam o tupi, resolvi que queria aprender algo mais sobre essa língua de índio. Decidi procurar algum índio na internet.

— Onde já se viu índio usar internet, menino? — falou minha mãe, rindo.

Ela achou que eu estava doido. Liguei o computador e lá fui eu, navegar. E, acreditem ou não, encontrei! Vou contar-lhes como aconteceu.

Achei um nome bem estranho e sugestivo: **Curumim Poranga**. Cliquei no nome dele e perguntei:

— Olá! De onde você tecla?

— Eu estou em Manaus — respondeu ele. — E você?

— Em São Paulo. Por que você usa esse *nome*?

— Porque sou descendente de índio por parte de mãe — disse ele.

8

Legal… Encontrei um índio que usa internet como qualquer menino da minha idade!

Ele me contou que tem 11 anos e que esse não é seu verdadeiro nome; sua mãe o chama assim, e quer dizer "menino bonito".

Mas o que vocês não vão acreditar é que, quando contei para ele que eu queria aprender algumas palavras na língua de índio, ou melhor, em tupi, ele escreveu assim:

– *Hi, hi, hi, hi...* Menino da cidade já fala língua de índio.

Eu não entendi e não achei a menor graça.

– O que você quer dizer com isso? – perguntei.

Ele mudou de assunto e escreveu assim:

— Vamos combinar uma coisa? Todas as vezes que eu escrever uma palavra em tupi, colocarei em negrito, assim você poderá aprender comigo. Que você acha?

— Legal!

Ele começou a escrever:

— Minha **oca** é em Manaus, gosto de comer **paçoca** e **pipoca** e de pescar **corumbatá**. Minha mãe conhece São Paulo, já morou no **Tatuapé** e no **Ipiranga**... Ela me disse que conheceu o rio **Tamanduateí**, e que ele é muito sujo e não tem peixe. Falou do **Tietê** e do parque do **Ibirapuera**. Chegou até a fazer algumas aulas de **capoeira** num lugar onde comprava **quirera** para a **arara** Teresa, que ela tinha desde menina...

Curumim desandou a escrever e não parava mais, e o pior era que ele não estava cumprindo o que prometera: escrever palavras em tupi. Fiquei chateado e interrompi, dizendo:

– Hei, **Curumim**! Cadê o tupi?

Ele desatou a rir uma vez mais, escrevendo aquele *hi, hi, hi* e dizendo que eu já sabia muito tupi.

– Você percebeu que eu coloquei algumas palavras em negrito?

– Claro! – respondi.

– Então, são palavras em tupi...

Começou a explicar que, sendo brasileiro, eu deveria saber que, além do português, também falava tupi. Fiquei intrigado e disse:

– Explica melhor...

– Você não come **mandioca, pipoca, paçoca, mingau, pirão, caju, maracujá, jabuticaba**? – perguntou-me **Curumim**.

– Como, mas continuo sem entender nada...

– Então, Giovani, são palavras em tupi, ou, como você diz, língua de índio (risos). Viu como você fala tupi?

12

Ele continuou com suas explicações, dizendo que, quando eu contava para alguém que tinha viajado de férias para **Bertioga**, **Piracicaba**, **Itapetininga**, **Peruíbe**, **Avaré**, **Araçatuba**, **Boituva**, **Catanduva**, estava falando em tupi.

– Se você vai conhecer outros estados, como **Sergipe**, **Piauí**, ou vai a **Taquara** (no Rio Grande do Sul), **Araxá** (em Minas Gerais), **Guarapuava** (no Paraná), **Parati** (no Rio de Janeiro), está usando a língua tupi. Sem contar que, passeando de carro em São Paulo pela via **Anhanguera** ou pela avenida **Sapopemba**, ou visitando o bairro do **Tatuapé** ou o **Anhembi**, você também está falando tupi.

– Você joga **peteca**? – perguntou ele, mudando de assunto.

– Jogo, por quê?

– Porque **peteca** também é tupi.

Sem parar um minuto, ele continuou falando.

– Quando se está **jururu**, ou quando você vai assistir a um jogo de futebol no **Maracanã**, no Estado do Rio de Janeiro, você está usando a língua tupi. Até mesmo os bebês ouvem o tupi sem saber, quando precisam comer **mingau** ou quando adoecem com **catapora**.

– Agora preciso desligar, porque minha mãe me mandou ir para a cama... – disse **Curumim**.

– Boa noite, então! Mas, antes de desligar, podemos marcar um novo horário para amanhã?

– Ok – respondeu ele. E marcamos!

Eu estava passado! Não sabia o que pensar. Como podia ser verdade? Eu, um "ser urbano", falando língua de índio? **Curumim** teria de me explicar muita coisa!

Fiquei tão impressionado, que mal consegui dormir. No dia seguinte, fui procurar no dicionário algumas das palavras que ele havia me ensinado e, para meu espanto, realmente eram tupi.

Como eu descobri? Fácil! Antes do significado de cada palavra no dicionário, existem uns parênteses indicando a sua origem, e toda palavra que **Curumim** me ensinou tinha entre parênteses a palavra tupi.

Como podia ser? Eu estava maravilhado! Eu falava tupi e não sabia...

Na escola contei a todos os meus amigos que eles falavam língua de índio. Todos duvidaram e começaram a rir de mim. Fui obrigado a pedir ajuda da professora. Eu não era mentiroso. E, *bingo*, ela sabia!

O assunto provocou um grande alvoroço na sala de aula e à professora não restou nada mais do que prometer uma aula de tupi para o dia seguinte. Eu exultava de satisfação, afinal eu trouxera a novidade...

Fui para casa satisfeito e contente. Tinha muitas coisas para contar ao meu mais novo amigo **Curumim**, quando nos falássemos novamente.

Na hora marcada, lá estava eu navegando pela internet à procura do meu amigo índio. Finalmente o encontrei:

– Olá! Tudo bem **Curumim**?

– Tudo, e você?

– Beleza! Você não vai acreditar... Provoquei o maior alvoroço na aula hoje. Primeiro, eles riram de mim e acharam que eu estava mentindo; depois, quando minha professora confirmou, eles ficaram surpresos e superinteressados. Será que você poderia me ensinar algo mais?

– Claro! Agora que você já sabe que fala língua de índio, que tal saber o que está falando?

– Legal!

– Então, vamos lá!

– **Cumbuca**, "espécie de cuia".

– **Cuia**, "vasilha".

– **Mingau** significa "papa".

– **Mirim**, "pequeno".

– **Piracema**, "cardume".

– **Ipiranga**, "rio vermelho".

– **Tietê**, "rio verdadeiro".

– **Pitanga**, "vermelho".

– **Pororoca**, "estrondo".

– **Anhanguera**, "diabo, gênio maléfico".

– **Capoeira**, "mato que já foi roça".

– **Coroca**, "resmungão".

– **Jururu**, "triste, melancólico".

– Posso lhe fazer uma pergunta?

– Claro!

– O que quer dizer **tijucussu**?

– Quer dizer "lamaçal, água barrenta". Por quê?

– Porque este foi o primeiro nome da cidade em que nasci: São Caetano do Sul, na Grande São Paulo – respondi.

– Ah! Então merece uma explicação melhor...

– **Tijucussu**: **ty** quer dizer "água, rio"; **juk** (ou juc*)* é "podre" e **ussu** (uçu), "grande" (é um termo aumentativo). Então, na verdade, quando os índios colocaram o nome na sua cidade, ela devia ser um graaaaande lamaçal barrento... (risos) – escreveu **Curumim**.

– Você está certo. Minha avó conta que São Caetano era mesmo repleta de nascentes de águas e lamaçais, e que a prefeitura precisou aterrar muitos locais para criar ruas e vilas...

— Mais uma vez, os índios estavam certos – completou **Curumim**.

Eu ficava cada vez mais maravilhado. Como foi que nunca ninguém me disse isso antes? Como eu pude falar língua de índio toda a minha vida, sem saber?

Cada palavra que **Curumim** explicava o significado, eu ficava de boca aberta. Não fosse pelo fato de minha mãe entrar no meu quarto de vez em quando e me mandar fechá-la, acho que teria babado!

No dia seguinte, contei para a professora tudo o que **Curumim** me dissera, e ela decidiu que precisava explicar-nos muitas coisas.

Começou falando-nos que os índios já viviam aqui no Brasil quando os portugueses chegaram, em 1500. Os índios eram aproximadamente quatro milhões e viviam espalhados por todo o país. Isso significa que eles conheciam bem essas terras e seus animais. Sendo assim, já haviam dado nomes a todos eles e aos lugares por onde passavam.

– Os portugueses – continuou ela – encontraram aqui animais muito diferentes do que eles conheciam na Europa e, por isso, tentaram ou tiveram que aprender seus nomes.

Conheceram animais chamados **tatu**, **paca**, **quati**, **capivara**, **taturana**, **jiboia**, **jararaca**, **jacaré**, **surucucu**, **siri**, **jaguatirica**.

Também conheceram vários tipos de peixes com nomes ainda mais diferentes, como **sarapó**, **caramuru**, **corumbatá**, **piau**, **baiacu**.

A floresta tinha várias plantas com diversas utilidades, como a **piaçava**, o **urucu**, o **jurumum (jerimum)**, o **jaborandi**, o **jatobá**, a **macaúba** etc.

As aves eram às dezenas e tinham nomes singulares, como **tucano**, **arara**, **anhuma**, **saracura**, **tangará**, **uirapuru**, **jaçanã**, **jaburu**, **maracanã**...

Nesse instante, a classe inteira começou a dizer que **Maracanã** é um estádio de futebol que fica no Rio de Janeiro.

A professora sorriu e explicou:

— Meninos, muitas coisas às quais os homens brancos deram nomes foram em homenagem à flora e à fauna brasileira, e como quase tudo é em tupi... Querem um exemplo? – perguntou a professora.

— Sim – respondeu a classe, em coro.

— **Araraquara** quer dizer refúgio ou esconderijo das **araras** – continuou ela, explicando. – Há muitas expressões cotidianas que as pessoas falam, mas não sabem que vêm do tupi, como "chorar as **pitangas**", "estar na maior **pindaíba**".

E ela continuou falando sobre tantas outras coisas...

— Na verdade, a contribuição ao valor histórico e linguístico que os índios nos deram foi muito grande. Durante séculos, a língua tupi foi falada aqui no Brasil tanto por índios como pelos europeus e negros. Como muitos portugueses se casaram com índias, seus filhos aprendiam tupi em casa, com

as mães, e o português, só na escola. Muitos homens importantes da história do Brasil, como padre Anchieta, Antônio Vieira, Gonçalves Dias, José de Alencar, e outros, escreveram e estudaram essa língua. Existe até uma Bíblia traduzida para o tupi. Como vocês veem, crianças, a língua genuinamente brasileira é o tupi. Pena que ande tão esquecida...

Perguntei então à professora:

— Por que nós não aprendemos tupi, já que todos os brasileiros falam palavras dessa língua e nem sabem o que estão falando?

— Há algumas décadas se ensinava a língua tupi nas escolas... Porém, atualmente o tupi é uma língua morta.

— Credo, professora! Morta! Quem matou? – perguntou meu amigo Renan.

— Não, Renan, ninguém a matou – respondeu ela, explicando. – Nós chamamos de "língua morta" quando não existe mais nenhum povo no planeta que a fale. Temos outras línguas mortas também. O latim é uma delas. Ninguém a fala mais, a não ser os padres em algumas partes da missa. No entanto, não podemos esquecer que o português, o francês, o italiano e o espanhol têm sua origem no latim e, por isso, são chamadas línguas latinas. Se você aprender todas, verá que existem muitas palavras parecidas entre si. Com o tupi aconteceu o mesmo... Não há, hoje em dia, tribos de índios que falem exclusivamente o tupi, mas sim tribos que falam outras línguas derivadas do tupi. O nosso português tem uma média aproximada de 30 mil palavras em tupi.

Aprender tupi estava sendo uma experiência sensacional. Ao chegar em casa, corri para o computador.

Queria falar novamente com **Curumim** e contar-lhe as novidades. Parecia que estava me esperando. Assim que entrei na sala de bate-papo, foi só clicar e pronto... lá estava ele.

– Olá! Tudo bem, **Curumim**?

— Tudo, e você? Muitas novidades?

— Você nem imagina quanta coisa eu tenho para contar...

— Manda! Que acharam da "língua de índio"?

— Adoraram! Quem poderia imaginar... Posso te perguntar umas coisas?

— Claro!

— O que quer dizer "chorar as **pitangas**", "estar na maior **pindaíba**"?

— As pessoas usam, sem se dar conta, várias expressões originárias da língua tupi – explicou ele mais uma vez.

— A primeira expressão é usada para dizer que se chorou muito. Em tupi, **pitanga** quer dizer "vermelho"; originariamente significava "chorar até os olhos ficarem vermelhos". "Estar na maior **pindaíba**", para os brasileiros, significa estar sem dinheiro, não ter um tostão no bolso. **Pindaíba** vem da palavra tupi **pinda'yba**, que quer dizer "vara de pescar". Na verdade, antigamente o brasileiro usava esta expressão quando a única forma que tinha para conseguir algum dinheiro era pescando e vendendo o peixe.

— É ruim, hein!? Depender dos peixes dos rios da cidade de São Paulo para ter algum dinheiro... do jeito que estão poluídos...

— Você tem razão. Minha mãe falou que, aí onde você mora, os rios são muito sujos. Os homens não estão preocupados com a natureza. Eles não conseguem entender como nós, os índios, que toda a humanidade faz parte dela.

Quanto mais eu aprendia tupi, mais me encantava com esse assunto, pois era muito estranho e ao mesmo tempo interessante saber que as "coisas de índio" não estão tão longe de um garoto da cidade como eu.

Depois que conheci **Curumim**, minha percepção para as coisas se transformou. Passei a prestar mais atenção às placas de ruas, nomes de bairros e cidades. Qualquer nome que eu achasse esquisito ou me lembrasse a língua tupi, eu anotava rapidamente para depois ver o seu significado no dicionário.

Minha amizade com **Curumim** continua firme e forte.

Ainda não deu para nos encontrarmos pessoalmente como prometemos. Um dia... quem sabe? Até lá, espero saber falar muito mais que simples palavras ou expressões em tupi...

Saiba um pouco mais

Biboca: buraco, cova, local de difícil acesso.

Caatinga: mato branco.

Caiçara: cerca de ramos, fortificação.

Catapora: fogo interno.

Cururu: sapo.

Imirim/Imirin: rio pequeno.

Ipanema: água ruim, imprestável, rio sem peixes.

Ita: pedra, rocha.

Itaipu: fonte das pedras.

Itapemirim: laje pequena.

Itaú: pedra preta.

Itu: cachoeira, queda d'água.

Jabaquara: refúgio ou esconderijo dos fujões.

Jaguar: onça, aquele que devora ou dilacera.

Jaguari: rio das onças.

Mauá: coisa elevada, terra erguida entre baixas alagadiças.

Mogi: rio das cobras.

Moqueca: feito embrulho, peixe assado entre folhas.

Morumbi: mosca verde, varejeira.

Paquetá: muitas pacas.

Pereba: ferida com casca.

Perereca: saltitar, pular para todos os lados.

Peteca: bater, dar golpe.

Piracema: saída do peixe, cardume por ocasião da desova.

Pipoca: pele estalada.

Piranha: peixe voraz, o que corta a pele.

Pororoca: o que arrebenta com estrondo, o estouro.

Quirera: farelo, cascas, resíduos.

Tapera: aldeia extinta, lugar onde existiu uma povoação.

Tatuapé: caminho ou trilho do **tatu**.

Tietê: rio verdadeiro.

Bibliografia

SAMPAIO, Teodoro. *O tupi na geografia nacional.* São Paulo, Companhia Editora Nacional, 1987. v. 380.

CUNHA, Antonio Geraldo da. *Dicionário histórico das palavras portuguesas de origem tupi.* São Paulo, Melhoramentos, 2002.

Moderno dicionário da língua portuguesa Michaelis. São Paulo, Melhoramentos, 2002.

NAVARRO, Eduardo de Almeida. *Método moderno de tupi antigo.* Petrópolis, Vozes, 1999.

Rua Dona Inácia Uchoa, 62
04110-020 – São Paulo – SP (Brasil)
Tel.: (11) 2125-3500
http://www.paulinas.com.br – editora@paulinas.com.br
Telemarketing e SAC: 0800-7010081